# Discours sur les fondements de l'inégalité

FichesdeLecture.com

# *Discours sur les fondements de l'inégalité* (Fiche de lecture)

## I. INTRODUCTION

Nous allons étudier *Le discours sur le fondement de l'inégalité entre les hommes* de Rousseau. Nous tenterons une orientation de réflexion à partir de l'essentiel du contenu philosophique de cet ouvrage y compris la préface du livre. Nous nous poserons la question de savoir comment méditer sur l'égalité que la nature a mise entre les hommes et sur l'inégalité qu'ils ont instituée ? Nous nous interrogerons sur la question de l'homme libre, une des questions les plus intéressantes en philosophie. En second lieu, nous analyserons l'état de nature et le passage à l'état civil, la naissance du contrat social et les oppositions sur ce sujet entre Rousseau et Hobbes. Nous proposerons enfin une solution au problème du contrat social et une conclusion relativement à la souveraineté de la volonté générale.

### Comment méditer sur l'égalité que la nature a mise entre les hommes et sur l'inégalité qu'ils ont instituée ?

« J'aurais voulu vivre et mourir libre, c'est-à-dire, tellement soumis aux lois que ni moi, ni personne n'en pût secouer l'honorable joug... ce joug salutaire ».

« J'aurais voulu que personne dans l'État n'eût pu se dire au-dessus de la loi, car qu'elle que puisse être la constitution d'un gouvernement, s'il s'y trouve là un seul homme qui ne soit pas soumis à la loi, tous les autres sont nécessairement à la discrétion de celui-là ».

Rousseau définit la loi comme l'air salutaire de la liberté. Par la loi, l'homme est libre et digne de l'être. Par conséquent, la question de l'homme libre ou non est une des questions les plus intéressantes en philosophie dans le sens où elle est la plus utile et la moins avancée de toutes les connaissances humaines, pour reprendre les mots du penseur, nous dirons qu'elle est la question « qui me paraît être celle de l'homme et j'ose dire que la seule inscription du temple de Delphes contenait un précepte plus important et plus difficile que tous les gros livres des moralistes ». Nous savons qu'au temple du Delphes figure l'inscription suivante : « connais-toi toi-même », précepte philosophique représentatif de la philosophie grecque et en particulier socratique.

## II. LA QUESTION DES HOMMES EST LA QUESTION LA PLUS ÉPINEUSE

### Comment connaître la source de l'inégalité parmi les hommes si l'on ne commence pas par les connaître eux-mêmes ?

Comment comprendre les changements que la succession des temps a pu produire dans sa constitution originelle ? Ce qu'il y a de plus cruel encore, c'est que « tous les progrès de l'espèce humaine l'éloignent de son état primitif ». C'est dans les changements successifs de la constitution humaine qu'il faut chercher la première origine des différences qui distinguent les hommes, lesquels sont naturellement aussi égaux entre eux que l'étaient les animaux de chaque espèce. Nous entendons par état naturel ce qui existe en dehors du monde humanisé, transformé par l'homme. Il s'agit d'élucider les conditions morales et politiques de la vie humaine, l'homme vu comme un animal dépravé que la civilisation dégrade peu à peu par rapport à son état originel. Le Discours de Rousseau est un ouvrage philosophique dans lequel l'auteur retrace par l'imagination un tableau de l'homme primitif « à l'état de nature », être simple n'ayant que de bons instincts indépendant et heureux. Il vivait alors en harmonie avec la nature et il n'y avait alors pas de besoins non satisfaits, pas de lutte pour la vie, pas d'association pour subsister et donc pas d'aliénation de la liberté. Le sentiment de perfectibilité n'intervient pas dans l'état de nature. C'est un état moralement neutre où l'homme n'ayant aucun contact avec les autres hommes n'est ni bon, ni méchant. L'homme n'éprouve pas le besoin de vivre en société, il n'y a aucun instinct de sociabilité.

Le sentiment de perfectibilité gâte tout. Les hommes s'associent, forment des familles, construisent des huttes, se disent maîtres du terrain qu'ils cultivent, inventent la propriété, de là les jalousies, les rivalités et l'anarchie. C'est la loi des plus faibles contre les plus forts, celle des plus riches contre les plus pauvres. Les inégalités une fois créées sont consacrées par le temps, par l'usage, par le désir de conserver son rang, son bien et elles aboutissent au despotisme.

Forcés pour survivre de s'associer, les hommes voient leurs capacités se développer, leurs connaissances, leur langage, leurs arts naître. Ils perdent l'immédiateté de leur rapport à la nature. La nature devient un obstacle. L'humanité passe par un état de nature à celui de la société civile. C'est la naissance du contrat social fondé sur la force qui soumet les plus faibles aux plus forts.

### Les différences sur le sujet entre Hobbes et Rousseau

Pour Hobbes, l'état de nature est un état de guerre auquel la société met fin, par opposition, Rousseau considère que l'état de nature est un état de paix auquel la société fait succéder un état de guerre qui prend fin par la domination. AU début du discours, Rousseau affirme : « Je conçois dans l'espèce humaine deux sortes d'inégalités, l'une que j'appelle naturelle ou physique, car elle est établie par la nature et qui consiste dans la différence des âges, de la santé, des forces du corps et des qualités de l'esprit ou de l'âme, l'autre qu'on peut appeler inégalité morale ou politique, car elle dépend d'une sorte de convention ; Elle est établie ou du moins autorisée par le consentement des hommes. Celle-ci consiste dans les différents privilèges dont quelques-uns jouissent au préjudice des autres comme d'être riches, plus honorés, plus puissants qu'eux ou même de s'en faire obéir ».

## III. LA SOLUTION

### Le contrat social

Rousseau s'efforce d'y trouver une solution, car il est impossible pour l'homme de retourner à l'état de nature. Il cherche une forme d'association qui défende et protège la personne et les biens de chaque associé et par laquelle chacun s'unissant à tous, n'obéisse qu'à lui-même et reste aussi libre qu'auparavant. Rousseau substitue un système dans toute la force du terme. Il établit que nul n'a le droit d'aliéner au profit d'un autre sa liberté morale et civique. Mais l'homme pourra aliéner sa liberté au profit de la communauté. « Chacun se donnant à tous ne se donne à personne et comme il n'y a pas un associé sur lequel on n'acquière le même droit que sur soi, on gagne l'équivalent de tout ce que l'on perd et plus de force pour conserver ce que l'on a ». Tel est l'esprit du contrat passé entre les individus et la collectivité. On arrive ainsi à la conception du pouvoir absolu d'un souverain qui est l'expression de la volonté générale, L'ÉTAT.

Rousseau refuse de faire du contrat social, un pacte de soumission entre les hommes ; il s'agira donc d'un pacte d'association. La volonté générale étant composée des volontés individuelles, en obéissant à la volonté générale en tant que sujets, les citoyens n'obéissent qu'à eux-mêmes en tant que membres du souverain.

Par conséquent, la souveraineté de la volonté générale peut-être absolue sans nuire à la volonté individuelle et l'Homme, en obéissant aux lois, n'est pas soumis à ses semblables.

# Dans la même collection en numérique

*Les Misérables*
*Le messager d'Athènes*
*Candide*
*L'Etranger*
*Rhinocéros*
*Antigone*
*Le père Goriot*
*La Peste*
*Balzac et la petite tailleuse chinoise*
*Le Roi Arthur*
*L'Avare*
*Pierre et Jean*
*L'Homme qui a séduit le soleil*
*Alcools*
*L'Affaire Caïus*
*La gloire de mon père*
*L'Ordinatueur*
*Le médecin malgré lui*
*La rivière à l'envers - Tomek*
*Le Journal d'Anne Frank*
*Le monde perdu*
*Le royaume de Kensuké*
*Un Sac De Billes*
*Baby-sitter blues*
*Le fantôme de maître Guillemin*
*Trois contes*
*Kamo, l'agence Babel*
*Le Garçon en pyjama rayé*
*Les Contemplations*

*Escadrille 80*
*Inconnu à cette adresse*
*La controverse de Valladolid*
*Les Vilains petits canards*
*Une partie de campagne*
*Cahier d'un retour au pays natal*
*Dora Bruder*
*L'Enfant et la rivière*
*Moderato Cantabile*
*Alice au pays des merveilles*
*Le faucon déniché*
*Une vie*
*Chronique des Indiens Guayaki*
*Je voudrais que quelqu'un m'attende quelque part*
*La nuit de Valognes*
*Œdipe*
*Disparition Programmée*
*Education européenne*
*L'auberge rouge*
*L'Illiade*
*Le voyage de Monsieur Perrichon*
*Lucrèce Borgia*
*Paul et Virginie*
*Ursule Mirouët*
*Discours sur les fondements de l'inégalité*
*L'adversaire*
*La petite Fadette*
*La prochaine fois*
*Le blé en herbe*
*Le Mystère de la Chambre Jaune*
*Les Hauts des Hurlevent*
*Les perses*
*Mondo et autres histoires*
*Vingt mille lieues sous les mers*
*99 francs*
*Arria Marcella*
*Chante Luna*

*Emile, ou de l'éducation*
*Histoires extraordinaires*
*L'homme invisible*
*La bibliothécaire*
*La cicatrice*
*La croix des pauvres*
*La fille du capitaine*
*Le Crime de l'Orient-Express*
*Le Faucon malté*
*Le hussard sur le toit*
*Le Livre dont vous êtes la victime*
*Les cinq écus de Bretagne*
*No pasarán, le jeu*
*Quand j'avais cinq ans je m'ai tué*
*Si tu veux être mon amie*
*Tristan et Iseult*
*Une bouteille dans la mer de Gaza*
*Cent ans de solitude*
*Contes à l'envers*
*Contes et nouvelles en vers*
*Dalva*
*Jean de Florette*
*L'homme qui voulait être heureux*
*L'île mystérieuse*
*La Dame aux camélias*
*La petite sirène*
*La planète des singes*
*La Religieuse*

# À propos de la collection

La série FichesdeLecture.com offre des contenus éducatifs aux étudiants et aux professeurs tels que : des résumés, des analyses littéraires, des questionnaires et des commentaires sur la littérature moderne et classique. Nos documents sont prévus comme des compléments à la lecture des oeuvres originales et aide les étudiants à comprendre la littérature.

Fondé en 2001, notre site FichesdeLectures.com s'est développé très rapidement et propose désormais plus de 2500 documents directement téléchargeables en ligne, devenant ainsi le premier site d'analyses littéraires en ligne de langue française.

FichesdeLecture est partenaire du Ministère de l'Education du Luxembourg depuis 2009.

Plus d'informations sur www.fichesdelecture.com

www.fichesdelecture.com

ISBN: 978-2-511-02984-8

Notes :

www.ingramcontent.com/pod-product-compliance
Lightning Source LLC
LaVergne TN
LVHW021945220826
846092LV00010B/1233

* 9 7 8 2 5 1 1 0 2 9 8 4 8 *